熊熊
舞蹈嘉年華

飆風飆風先生
／文・圖

今天是一年一度的舞蹈嘉年華，
每隻熊盛裝打扮，為了能上場表演贏得滿堂喝采。

來自世界各地的熊熊，
要在舞蹈中盡情展現自家最引以為傲的特質，
而表演時獲得最多掌聲的，
就能贏得這一屆舞林熊王的稱號。

按照慣例，在開始前先由
去年的舞林熊王——亞洲黑熊，
為大家帶來一段陣頭表演，炒熱氣氛！

毛色黑呼呼的亞洲黑熊，胸前有個帥氣的 V，
我們住在森林裡，食物都是來自森林的賜與，
春天來臨時以新芽為食，夏天是昆蟲，
秋天則大量進食橡樹和栗子，準備過冬。

為這次嘉年華獻上森林的熱情，預祝大家演出順利！

開場表演一結束，掌聲隨之響起，
大家已經迫不及待的
要欣賞這次嘉年華的舞蹈了！

棕熊扶著帽子隨著美國牛仔舞的節奏率先登場！

速度快、耐力足，我們是擅長狩獵的棕熊～
喜歡滿滿鮭魚卵的鮭魚；努力追上年幼的白尾鹿，
就算遇上唯一的天敵老虎，也會鼓起勇氣對抗，
最英勇的熊就是──棕熊！

美洲黑熊不甘示弱地
踩起了墨西哥帽子舞的節奏！

我們也是黑呼呼，
而且是全身黑呼呼的美洲黑熊～
我們挖洞、我們攀爬，森林就是我們的家，
植物、水果是主食，
偶爾也吃點螞蟻和蜜蜂嗚呼呼呼呼呼，
雖然我們不打獵，但偷偷說，
我們更喜歡死掉的動物屍體啦！

一陣梵音響起，
馬來熊擺出了泰國諾拉舞的開場姿勢！

雖然我們體型最小，
但熊心絕對不會小於其他的熊，
適應了熱帶生活、掙脫了冬眠的束縛，
馬來熊即將成為掌管黑夜的國王，
讓我們暢飲蜂蜜、吞噬螞蟻，
一同歌頌黑夜的到來吧！

16

帶來印度卡塔克舞的懶熊，
清脆的鈴聲開始鈴鈴鈴的響動！

懶熊就是……像熊的樹獺……
倒掛在樹上……進食和休息……
會爬行、會破壞蟻穴……
菠蘿蜜……反芻是美食……
脾氣差……沒事少靠近……

舞台由暗轉亮，
眼鏡熊與他的仙人掌舞伴跳起了阿根廷探戈～

南美唯一的熊，也是獨一無二的短臉熊，
仙人掌、鳳梨花，還有棕櫚葉，
都是森林裡好吃的美食，
大家大口大口吃肉時，
我們也大口大口享用健康蔬菜！
短臉的眼鏡熊，可是肉菜均衡主義者！

伴隨著鼓鑼聲，貓熊繞場一圈唱起了中國戲曲～

我們人見人愛，而且看起來憨厚可愛，
雖然什麼都可以吃、可以啃，
卻無法感覺肉類的鮮味，
成為以竹子、紅蘿蔔為食的奇怪一族，
好奇的話，你要不要也來試試看呢？

北極熊高聲大喊，開始了俄羅斯哥薩克舞～

我們擁有厚實的脂肪和雪白的毛髮，
真實的皮膚還是黑色的耐寒體質，
在冰海獵魚、捕捉海豹，我們是北極的霸主，
但是地球暖化卻讓我們遭遇了危機。

吼嗚——
就算是冰海的王，沒有天敵卻依舊危險啦！

大家為接連不斷的精彩舞蹈表演，獻上了熱情的掌聲！

接下來請為你心目中的舞林熊王投下神聖的一票，
究竟是誰最有資格成為新一屆的舞林熊王呢？

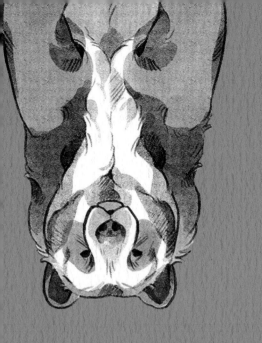
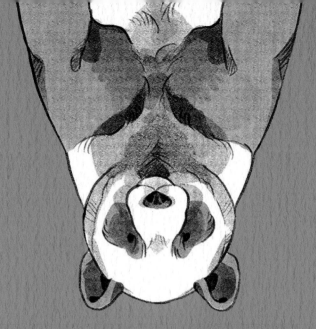

熊的小知識

北極熊

學名： *Ursus maritimus*

- 體型最大的熊，也是陸地上最大的食肉動物。
- 擁有厚實的脂肪及毛髮，得以在極端嚴寒的氣候生存。

棕熊

學名： *Ursus arctos*

- 初夏會追逐年幼的白尾鹿，秋季則聚集在河口及瀑布，捕食迴游產卵的鮭魚。
- 冬眠時會消耗極大的熱量，因此在冬眠結束後需要大量補充熱量。

鮭魚（產卵期）

美洲黑熊

學名： *Ursus americanus*

- 雜食性動物，主要食物為植物、果實、昆蟲等。
- 雖然很少主動攻擊人類，但比起其他熊更偏愛死掉的生物。

白蟻

蜜蜂

懶熊

學名： *Melursus ursinus*

- 腳爪彎曲的構造適合爬行和挖土。
- 在樹上進食和休息，經常像樹獺
  一樣倒掛著。

眼鏡熊　學名：*Tremarctos ornatus*

- 南美唯一的熊，也是最後一種短臉熊。
- 眼睛周圍有一對像眼鏡般的白圈，且每隻的白色花紋都不太一樣。

馬來熊

學名：*Helarctos malayanus*

- 主要食用昆蟲與果實，尤其喜愛蜜蜂和蜂蜜。
- 舌頭很長，便於吞食白蟻及其他昆蟲。

亞洲黑熊

學名：*Ursus thibetanus*

- 胸部有白色或黃色的新月形斑紋。
- 春天以山毛櫸等新芽為食，夏天吃螞蟻、蜜蜂類的昆蟲，
  秋天則大量進食橡樹、栗子等果實。

貓熊

學名：*Ailuropoda melanoleuca*

- 因為無法感覺肉類的鮮味而不以肉為主食。
- 擁有食肉動物的消化系統，所以只能依靠腸內細菌分解竹葉。

熊熊舞蹈嘉年華

2022年09月01日初版第一刷發行

著　　　者　飆飆先生
編　　　輯　鄧琪潔
美術編輯　黃郁琇
發　行　人　南部裕
發　行　所　台灣東販股份有限公司
　　　　　　＜地址＞台北市南京東路4段130號2F-1
　　　　　　＜電話＞(02)2577-8878
　　　　　　＜傳真＞(02)2577-8896
　　　　　　＜網址＞http://www.tohan.com.tw
郵撥帳號　1405049-4
法律顧問　蕭雄淋律師
總　經　銷　聯合發行股份有限公司
　　　　　　＜電話＞(02)2917-8022